TABLEAUX

ET

DESSINS MODERNES

VENTE AU PROFIT DU JEUNE ENFANT

DE

POTTIN

Artiste peintre décédé

HOTEL DROUOT, SALLE Nº 1

Le Samedi 22 Avril 1865

EXPOSITION LE VENDREDI 24
de 1 à 5 heures

ORDRE DES VACATIONS

A 2 heures 1/2 précises, les Tableaux.
A 8 heures précises du soir, les Aquarelles et Dessins.

COMMISSAIRE-PRISEUR	EXPERT
Mᵉ BOUSSATON	**M. F. MARTIN**
Rue Le Peletier, 7.	Rue Mogador, 20.

CATALOGUE

DES

TABLEAUX

DESSINS ET OBJETS D'ART

OFFERTS

PAR DE NOMBREUX ARTISTES

DONT LA VENTE AURA LIEU

AU PROFIT

Du jeune Enfant de **POTTIN**, Artiste peintre décédé

HOTEL DROUOT, SALLE N° 1

Le Samedi 22 Avril 1865

PAR LE MINISTÈRE DE M° **BOUSSATON**, COMMISSAIRE-PRISEUR

RUE LE PELETIER, 7

ASSISTÉ DE **M. MARTIN**, EXPERT, RUE MOGADOR, 20

EXPOSITION PUBLIQUE

LE VENDREDI 21 AVRIL 1865, DE 1 A 5 HEURES

AU COMPTANT

Les adjudicataires payeront cinq pour cent en sus des enchères.

ORDRE DES VACATIONS

A 2 heures 1/2 précises, les Tableaux.

A 8 heures précises du soir, les Aquarelles et Dessins.

AVANT-PROPOS

En décembre dernier, nous recommandions la vente de tableaux faite au profit d'un artiste peintre atteint de paralysie. Cette vente a produit les meilleurs résultats; cet artiste est maintenant à l'abri du besoin.

C'est encore en faveur d'une bonne œuvre que nous venons aujourd'hui prier les amateurs de vouloir bien nous venir en aide.

Le peintre POTTIN est mort récemment à la suite d'une cruelle maladie; il laisse un enfant, âgé de trois ans, sans aucune ressource.

Ses amis et camarades ont eu la généreuse et fraternelle pensée de réunir un certain nombre de leurs œuvres, de manière à constituer une vente dont le produit doit servir à assurer l'existence et l'éducation de son fils.

Nous croyons devancer les bonnes intentions des amateurs en leur signalant cette nouvelle vente, bien convaincus que pour celle-ci, non plus que pour la précédente, son concours bienveillant ne saurait nous manquer.

F. M.

DÉSIGNATION

17. — **BONNAT**........... Un dessin.

18. — **BELLY**............ Bords du Nil.

19. — **BRUNE**........... Deux têtes d'étude.

20. — **BAILLY** (L)....... Église de Montigny.

21. — **BRANDON**........ Albina.

22. — **BRANDON**........ Bûcheron de la Sabine ; aq.

23. — **BARBOT**.......... Bords du Nil.

24. — **BOUGUEREAU**...... L'Amour transi.

25. — **CABANEL**......... Une Florentine.

26. — **CALS**............. La Lecture ; dessin.

27. — **COROT**........... Moine en promenade.

28. — **COROT**........... Paysage ; la Ferté-sous-
Jouarre.

29. — **CURZON** (DE)..... Souvenir de Grèce ; dessin.

30. — **CHAVANNES** (DE).. Chasse antique ; dessin.

31. — **CHAVANNES** (DE).. L'Automne ; dessin.

32. — **COUTURIER**....... Basse-cour.

33. — **COUTURIER**....... Une faïence.

34. — **CONSTANTIN**....... Un Marché en Normandie.

35. — **COTTIN**........... Visite au prisonnier.

36. — **CHASSEVENT** (G.).. Le Printemps.

37. — **CHASSEVENT** (G.).. Un dessin.

38. — **CLAUDE**.......... Nature morte.

39. — COOMANS......... Baigneuse.

40. — DIAZ .... Paysage ; Fontainebleau.

41. — DEVEDEUX........ Vue du Bosphore.

42. — DAUZATS .... Vue prise à Châteldon.

43. — DORE............ Le Matin.

44. — COCK (DE)....... Paysage.

45. — FRÈRE (ED.) ..... Le Bain.

46. — FLAHAUT......... Paysage.

47. — FROMENTIN...... Le Simoon ; étude à El-Aghouat.

48. — FICHEL.......... Fumeur.

49. — GÉROME .... Dessin à la mine de plomb.

50. — GÉROME .... Dessin au crayon noir.

51. — GROISEILLIEZ ..... Paysage à Cernay.

52. — GARDANNE .... Une aquarelle.

53. — GOURLIER (PAUL). Paysage ; Bas-Meudon.

54. — GUIGOU .... L'Étang de Brisemiche (Viroflay).

55. — GUILLEMER .... Paysage.

56. — GIDE............ Deux dessins rehaussés.

57. — HEREAU (J.)...... Dessin à l'essence.

58. — HARPIGNIES....... Aquarelle.

59. — HEILBUTH........ Mendiant romain ; aquarelle.

60. — IMER .... Paysage.

61. — ISABEY............ Dessin crayon noir.

62. — JACQUAND (C.) .... Un dessin.

63. — JONGKIND......... Paysage.

64. — JUNCKER (F.)..... Fleurs; pastel.

65. — LAMBINET......... Paysage.

66. — LEPNEVEU .... Aquarelle.

67. — LEPOITTEVIN ...... Un tableau.

68. — LAUGÉE .... Un dessin.

69. — LAPORTE (ADÈLE) . Tête de chat.

70. — LANDELLE......... Moine quêteur à Rome.

71. — LAPOSTOLET....... Dessin crayon noir.

72. — LAVIEILLE......... Paysage.

73. — LÉVY............. Lavoir à Subiaco.

74. — LAURENS (J.)...... La mère Sophie de Marlotte.

75. — LAZERGES......... Baigneuse; dessin.

76. — LOUTREL.......... Paysage à Montmaître.

77. — MAGAUD........... Retour des champs.

78. — MARCHAL .... Étude d'après nature.

79. — MASSE............ L'Attention.

80. — MOULIGNON....... Seul au monde; dessin.

81. — MOULIGNON....... Enfant; dessin.

82. — MEISSONIER ..... Hussard chamboran, 1793.

83. — MERLE (HUGUES) Tête d'enfant.

84. — MÈNE (sculpteur) . Un bronze.

85. — MAGY............ Chevaux arabes et cavaliers
au bord de la mer.

86. — MILLET (FR.)..... Un dessin.

87. — MILLET (A.) ...... Une figure.

88. — MÉNARD (R.)..... Un paysage.

89. — MOUILLARD ...... Porteur d'eau à Bukarest.

90. — MONGINOT .... Nature morte.

91. — MARIANI .... Bacchante; dessin.

92. — NOEL (J.)........ Paysage.

93. — OUDRY........... Un tableau.

94. — OUDRY..... ..... Deux peintures sur verre.

95. — OUVRIÉ (J.)...... Bord de la Moselle; aquarelle.

96. — OUDINOT........ Paysage (bords de l'Oise).

97. — PETIT (expert).... Une aquarelle par *Lessore*.

98. — PASINI.......... Route de Bouchir, à Daleki.

99. — PILS............ L'École de tir; croquis.

100. — PROTAIS .... Chasseur à pied; dessin.

101. — PERIGNON .... Tête d'étude.

102. — PATROIS .... Un dessin.

103. — RAYNAUD......... L'Asphalte.

104. — RIBOT............ Un dessin.

105. — ROUSSEAU (TH.).. Paysage.

106. — ROSSI............ Vue de Venise.

107. — SCHNEIDER ...... Une Forêt.

108. — STEVENS (AL.).... L'Attention.

109. — SOYER........... Le Chapelet.

110. — TRAYER......... Une aquarelle.

111. — TESSON......... Vieux marché de Rouen; aquarelle.

112. — TABAR .... Le Moulin abandonné de Nogent.

113. — VEYRASSAT....... Une aquarelle.

114. — VOLLON......... Un dessin.

115. — VOILLEMOT....... Un dessin.

116. — WILLEMS (F.).... Le Message.

117. — WEBERT (O.).... Une aquarelle.

118. — YRIARTE......... Une aquarelle.

119. — ANONYME........ Collection de 18 cahiers d'eaux-fortes.

120. — ANONYME .... Un dessin par *Salmon*.

121. — MARCHAL........ Une aquarelle par *Jongkind*.

PARIS. — J. CLAYE, IMPRIMEUR, RUE SAINT-BENOIT, 7.

SUPPLÉMENT AU CATALOGUE

DES

TABLEAUX

ET

DESSINS MODERNES

DONT LA VENTE AU PROFIT

Du jeune Enfant de **POTTIN**, Artiste peintre décédé

AURA LIEU

HOTEL DROUOT, SALLE N° 1

AU PREMIER ÉTAGE

Le Samedi 22 Avril 1865

A 2 heures 1/2 pour les Tableaux

Et à 8 heures précises du soir pour les Dessins

EXPOSITION PUBLIQUE

LE VENDREDI 21 AVRIL 1865, DE 1 A 5 HEURES

COMMISSAIRE-PRISEUR	EXPERT
Mᵉ BOUSSATON	**M. F. MARTIN**
Rue Le Peletier, 7.	Rue Mogador, 20.

DÉSIGNATION

PARIS. — J. CLAYE, IMPRIMEUR, RUE SAINT-BENOIT, 7.

$ pays
.vages, le
. Descerpz).
.567, pet. in-8.
gravées sur bois.

Tableaux et Dessins

OFFERTS AU PROFIT DU JEUNE POTTIN.

Vente du 22 avril 1865.

Me *Boussaton*, commissaire-priseur.

—

Le généreux concours d'un certain nombre d'artistes vient de réunir, au profit de l'enfant d'un artiste décédé récemment, une somme de 20,696 francs, 5 0/0 compris.

Voici les prix les plus intéressants de cette vente, où l'art a pu trouver son compte, comme la charité.

1 — Accard. La Rencontre. — 240 fr.

2 — André (J.). Bois, près Carignan. — 155 fr.

4 — Bida. — Judas devant les princes des prêtres ; croquis. — 600 fr.

7 — Bonheur (Rosa). Un dessin. Moutons. 1,520 fr.

8 — Brest. Le port de Savone (Piémont). — 195 fr.

14 — Browne (H.). Enfant israélite de Tanger ; aquarelle. — 350 fr.

16 — Busson. Souvenir du Berry. — 130 fr.

18 — Belly. Bords du Nil. — 200 fr.

21 — Brandon. Albina. — 155 fr.

24 — Bouguereau. L'Amour transi. — 510 fr.

25 — Cabanel. Une Florentine. — 100 fr.

27 — Corot. Moine en promenade. — 400 fr.

28 — Le même. Paysage ; la Ferté-sous-Jouarre. — 255 fr.

32 — Couturier. Basse-cour. — 110 fr.

33 — Le même. Coq et Poules. — 130 fr.

39 — Coomans. Baigneuse. — 200 fr.

41 — Devedeux. Vue du Bosphore. — 220 fr.

43 — Dore. Le Matin. — 125 fr.

44 — Cock (de). Paysage. — 102 fr.

45 — Frère (Ed.). Le Bain. — 1,350 fr.

47 — Fromentin. Le Simoon ; étude à El-Aghouat. — 750 fr.

48 — Fichel. Fumeur. — 355 fr.

49 — Gérome. Dessin à la mine de plomb.

50 — Le même. Dessin au crayon noir. Les deux, 138 fr.

67 — Lepoittevin. Un tableau. — 175 fr.

73 — Lévy. Lavoir à Subiaco. — 100 fr.

77 — Magaud. Retour des champs. — 255 fr.

78 — Marchal. Etude d'après nature. — 110 fr.

79 — Masse. L'Attention. — 105 fr.

82 — Meissonier. Hussard chamboran, 1793 ; dessin rehaussé. — 2,040 fr.

83 — Merle (Hugues). Tête d'enfant. — 1,060 fr.

85 — Magy. Chevaux arabes et cavaliers au bord de la mer. — 120 fr.

86 — Millet (Fr.). Un dessin. — 106 fr.

98 — Pasini. Route de Bouchir, à Daleki. — 100 fr.

99 — Pils. L'école de tir ; croquis. — 280 fr.

100 — Protais. Chasseur à pied ; dessin. — 150 fr.

108 — Stevens (Al.). L'Attention ; esquisse. 540 fr.

109 — Soyer. Le Chapelet. — 265 fr.

110 — Trayer. Une aquarelle. — 175 fr.

116 — Willems (F.). Le Message ; esquisse. — 705 fr.

117 — Weber. (O.). Une aquarelle. — 195 fr.

122 — Baron. L'Automne. — 450 fr.

127 — Luminais. — Paysage. — 180 fr.

136 — Ravel. Halte d'aventuriers. — 100 fr.

139 — Schreyer. Le Repos. — 800 fr.

CH. FILHON.